AF452942

LE MARIAGE DE BELFEGOR.

NOVVELLE ITALIENE.

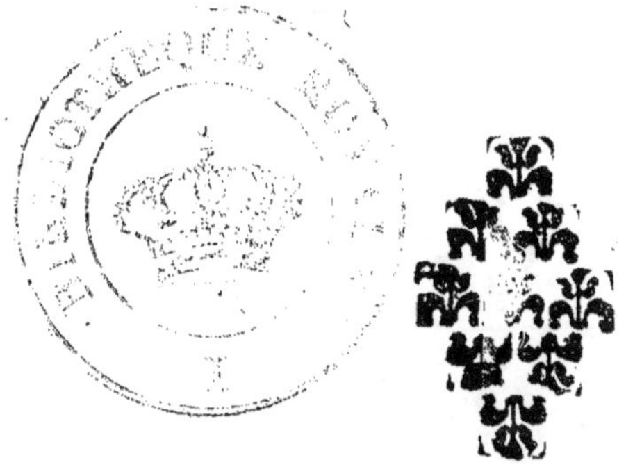

M. DC. LXI.

AV LECTEVR.

IE vous donne vne Nouuelle, que ie traduiſis il y à quelques iours à la priere d'vn de mes amis: Je vous ſupplie, Lecteur, de ietter les yeux ſur l'Jtalien de l'Autheur, auant que de prononcer ſur le François de celuy qui l'a traduite, & ,ſi vous m'accordez cette grace, vous trouuerez peut-eſtre que la verſion que ie vous donne, ne cede point à l'original.

NOVVELLE,

TRADVITE DE L'ITALIEN
DE MESSER NICOLO M.
SECRETAIRE DE FLORENCE.

N lit dans les vieilles Chroniques de Florence qu'vn personnage tres-saint, & dont la vie fut l'admiration de son siecle, estant vn iour raui en esprit, eut vne vision fort estrange. Il remarqua, ce saint personnage, que les ames des hommes mariez allant en foule aux Enfers, disoient presque toutes, que si elles n'eussent point épousé de femmes, elles n'eussent ia-

A

mais esté reduites à vn malheur si extréme ; De sorte que Minos & Rha-
damante, auec tout le venerable senat
des Enfers en paroissoient fort surpris.
En effet ils ne pouuoient croire d'a-
bord, que ces discours fussent veri-
tables, & cependant ils voyoient que
les mesmes plaintes se multiplioient
tous les iours; ce qui enfin les obligea
d'en faire le rapport à Pluton : & sur
le rapport qui en fut fait, sans en com-
muniquer auec la Reine, qui fut ma-
lade toute cette semaine, il fut aresté
qu'on examineroit cette affaire le plus
exactement que l'on pourroit, & qu'a-
pres cela on choisiroit les moyens, qui
paroistroient les plus asseurés pour ar-
riuer à la connoissance de la verité;
En mesme temps on fit assembler toutes les chambres; les Princes, les Ducs,
les Pairs & les Barons s'y trouuerent,
& iamais la compagnie n'auoit esté si

belle, aussi ne s'estoit-il iamais pre-
senté aucune affaire dont l'importance fust si grande. Le bon Religieux,
qui vit tout ce qui se passa, disoit que
Pluton parla en ces termes: *Mes tres-
chers & bien-aymés, quoy que ie possede
mon royaume suiuant l'arrest du ciel, &
le sort fatal qui decida autrefois de mon
partage ; Quoy que cet arrest soit irreuo-
cable, & qu'aprés cela ie ne puisse estre
suiet au iugement des Dieux ni des hommes, neantmoins pource que la prudence
de ceux qui se peuuent soufmettre aux loix
& faire plus d'estime du iugement d'au-
truy que du leur propre, est tousiours plus
seure, J'ay resolu de prendre vostre conseil, afin de sçauoir comment ie me doy
gouuerner dans vne affaire qui pourroit
auec le temps apporter quelque deshonneur
à nostre Empire. Toutes les ames des maris, qui viennent en nos Estats, disent que
leurs femmes en sont cause ; Et cela me*

semblant impossible, ie crains fort qu'en
donnant iugement sur la relation qui nous
est faite, on ne parle de nous comme de
Dieux trop cruels, & que n'en donnant
point, on ne die partout que nous ne som-
mes pas assez seueres, & que l'amour de
la iustice n'est pas ce qui nous touche dauantage. Il y a beaucoup de legereté sans
doute à prononcer sur le simple rapport de
ces ames, & beaucoup d'iniustice aussi à
ne pas examiner la chose auec soin. Vou-
lant donc aller au deuant du mal que pourroit produire ou la precipitation ou la ne-
gligence, & n'en trouuant pas le moyen
fort facile, i'ay bien voulu vous faire appeller tous, afin que vous m'aidiez de vostre conseil, & que mon Empire euite tous
reproches à l'auenir, comme par le passé
on n'a rien eu à dire contre ma conduite.
Il n'y en eut pas vn qui ne dist que la
chose estoit de grande importance,
& qu'elle meritoit d'estre considerée

auec vne exactitude extréme Les con-
clufions de la compagnie furent bien
qu'il falloit defcouurir la verité par
tous les moyens imaginables , mais
on ne les trouuoit pas, ces moyens ;
Car les vns eftoient d'aduis qu'on en-
uoyaft en ce monde quelque particu-
lier feulement ; d'autres eftimoient
qu'il en falloit enuoyer plus d'vn, &
qu'on pourroit mieux connoiftre la
verité du faict par l'experience perfo-
nelle que plufieurs en feroient. Mais
d'autres qui eftoient plus brufques en
leurs aduis, croioient qu'il n'y falloit
point apporter tant de façon; & qu'il
fuffiroit de donner la gefne à plufieurs
ames en mefme temps, & qu'on def-
couuriroit la verité par la violence des
tourmens. A la fin neantmoins la plu-
ralité des voix allant au choix d'vne
perfone feule, laquelle fuft enuoyée
en ce monde, toute la compagnie fe

rangea à cet aduis. Mais comme il ne
fe prefentoit perfonne qui fe char-
geaft volontairemét d'vne telle com-
miffion, il fut arrefté que le fort re-
gleroit cette affaire En mefme temps
on fit des billets, & le fort tomba fur
Belphegor. Sur quoy on peut dire que
le hazard ne s'accorda iamais mieux
auec le merite; car en effet Belphegor
n'eftoit pas vn diable du commun; &
quand vous faurez que Pluton l'auoit
fait Generaliflime de fes armées, vous
ceflerez de douter de cette verité.
Auec tout cela pourtant il euft bien
voulu fe defcharger d'vn tel employ;
mais le commandement abfolu de
Pluton le contraignit d'obeïr au fort.
Il accepta donc les conditions qui a-
uoient efté arreftées folennellement;
à fçauoir qu'on deliureroit fur l'heure cent mil ducats à celuy qui feroit
le voyage du monde; & qu'ayant pris

la forme d'homme, il épouferoit vne
femme, viuroit dix ans auec elle, fi
faire fe pouuoit; & qu'apres ce temps
là, faifant femblant de mourir, il s'en
retourneroit en enfer, & verifieroit
par fa propre experience, quels peuuent eftre les biens & les maux du mariage, & en feroit vn rapport fidele à
la compagnie. Il fut encore dit, que
pendant ce temps là il feroit fuiet à
toutes les peines & à toutes les miferes
aufquelles les hommes font fuiets;
fans en excepter les prifons, les mala-
dies & la pauureté mefme : mais qu'au
refte, s'il s'en deliuroit par rufe & par
addreffe, cela luy feroit permis, &
que l'on ne s'en fcandalizeroit point.
Belphegor accepta la condition, il re-
ceut les cent mil ducats, il vint au
monde ; & ayant tiré de fes troupes
ce qu'il luy falloit de cheuaux & de
domeftiques, il entra à Florence auec

A iiij

vn equipage tres-lefte, ayant fait ele-
ction de cette Ville pluftoft que de
toute autre, parce qu'elle luy fembloit
plus propre au deffein qu'il auoit de
faire valoir fon argent & le mettre à
l'intereft. Il fe fit appeller *Dom Roderic de Caftille*, il prit à loüage vne fort
belle maifon au Faux-bourg *d'Ogni
fanti*; & afin que perfonne ne peuft fa-
uoir qui il eftoit, il dit qu'eftant encore fort ieune, il auoit quitté l'Efpagne,
& qu'ayant fait voile en Syrie, il s'e-
ftoit arrefté à Alep, où il auoit gaigné
tout ce qu'il pouuoit auoir de bien;
Mais qu'ayant fait quelque feiour en
ce pays là, il eftoit venu en Italie auec
deffein de fe marier en vn pays plus
poly & plus conforme à fon humeur.
Au refte Dom Roderic eftoit vn fort
bel homme, âgé, comme il fembloit,
de trente ans ou enuiron; & ayant fait
connoiftre en peu de temps combien

il eſtoit puiſſant en richeſſes ; & d'ailleurs faiſant voir chaque iour par ſa
liberalité qu'il en ſauoit bien l'vſage,
pluſieurs Gentils-hommes de Florence, qui auoient aſſez de filles, mais peu
d'argent, ne manquerent pas de luy
en offrir, & firent tout ce qu'ils pûrent
pour l'attirer à leur alliance. Dom
Roderic, qui en auoit à choiſir, en pre-
fera vne à toutes les autres (auſſi eſtoit-
ce vne tres-belle perſonne;) l'hiſtoire
dit qu'elle s'appelloit *Honeſta*, qu'elle
eſtoit fille d'*Americ Donati*, lequel en
auoit encore trois autres à marier, &
trois garçons auſſi, qui eſtoient âgez
de vingt à vingt cinq ans. Or quoy
que le Seigneur Americ fuſt d'vne des
plus nobles familles de Florence, on
peut dire neantmoins qu'il eſtoit tres-
pauure, parce qu'il auoit trop d'en-
fans, & que ſa nobleſſe l'incommo-
doit ; Mais Dom Roderic y remedia;

car il fit luy-mefme la defpenfe de fon mariage ; & tout s'y paffa auec tant d'efclat & tant de magnificence, qu'il n'y fut rien oublié de tout ce que l'on peut fouhaitter en telles occafions. Auffi auoit-il efté dit entre autres conditions, qui furent propofées à Meffer Belphegor, que fi toft qu'il au-roit quitté l'Enfer, il feroit affuietty à toutes les paffions humaines. Incon-tinent donc il commença à prendre plaifir aux honneurs & aux pompes du monde ; & tout diable qu'il eftoit, il prenoit pourtant gouft aux loüan-ges & aux flatteries des hommes, & trouuoit que c'eftoit vne chofe fort agreable ; mais ce qui luy paroiffoit fi agreable luy couftoit beaucoup auffi. Il y eut encore plus que cela ; car il n'eut pas long-temps demeuré auec Dame Honefta, qu'il en deuint amou-reux au delà de tout ce que l'on fauroit

s'imaginer ; il trouua ie ne ſçay quoy
en elle qui l'eſchauffa ſi bien, que iamais il ne s'eſtoit veu en telle feſte ; &
lors qu'il la voyoit triſte , & qu'elle
auoit le moindre déplaiſir, il maudiſ-
ſoit la commiſſion qu'il auoit receuë,
& iuroit hautement que la vie luy
eſtoit amere. Or Dame Honeſta eſ-
pouſant Roderic & portant chez luy
la nobleſſe & la beauté, n'oublia pas
ſon orgueil & ſa fierté ordinaire ; &
ces deux qualitez eſtoient ſi extrémes
en elle, que Roderic, qui connoiſſoit
l'orgueil de Lucifer & qui en auoit fait
l'experience plus d'vne fois , aſſuroit
que celuy de ſa femme ſurpaſſoit encore celuy de Lucifer. Mais cette frer-
té deuint encore bien plusgrande, lors
qu'elle eut remarqué la paſſion arden-
te que ſon mary auoit pour elle ; &
croyant bien luy commander à ba-
guette & le mener comme il faut, elle

le traittoit en Souueraine, elle agiſſoit
auec luy ſans pitié & ſans reſpeƈt ; &
s'il luy refuſoit quelque choſe, elle ne
manquoit pas de luy faire voir qu'elle
ſauoit dire des iniures auſſi bien que
les autres femmes de ſa ſorte: Iugez
apres cela quelle affliƈtion pour Dom
Roderic de Caſtille. Neantmoins la
conſideration de ſon Beau-pere, des
Freres de ſa femme, de la parenté, du
ſacré mariage, & ſur tout, l'amour &
la tendreſſe qu'il auoit pour elle, luy
faiſoient ſouffrir tout ce mauuais trai-
tement. Ie ne parleray point icy des
dépenſes extraordinaires qu'il faiſoit
en habits ſomptueux, changeant de
mode toutes les ſemaines, ſelon le
gouſt ordinaire des Dames Florenti-
nes; Il y eut encore autre choſe qui
l'incommoda bien dauantage; car il
fut contraint pour auoir la paix, d'ai-
der ſon Beau-pere à marier ſes autres

filles; en quoy il dépensa vne somme
tres - considerable. Il fallut deplus,
pour entretenir la bonne intelligen-
ce, & faire que tout allast bien,il fallut
dis-je, enuoyer vn de ses Beaux-freres
en Leuant auec quantité d'etoffes de
laine, le second en France & en Espa-
gne auec des draps de soye, & auancer
le troisiéme, en luy donnant dequoy
tenir plusieurs Batteurs d'or à Florence. Tout cela ensemble,comme vous
voyez, est bien capable d'incommo-
der vn pauure Diable; Autre misere
neantmoins; Il n'y a point de ville en
Italie qui face plus de dépense au Car-
naual & à la S. Iean que Florence ; &
c'estoit en cette occasion-là que Dame Honesta vouloit absolument que
son Roderic surpassast toutes les personnes de condition par la somptuo-
sité des festins, des ballets & autres di-
uertissemens, qui sont ordinaires en

ces iours-là. Il supportoit neantmoins encore tout cela pour les mesmes raisons qui luy auoient fait souffrir le reste; & peut-estre mesmes, que toutes ces difficultez, quoy que tres-facheuses & tres-dures, luy auroient paru supportables & douces, si au moins il eust peu par sa patience auoir repos en sa maison ; & attendre paisiblement le poinct fatal de sa ruine. Mais Dom Roderic esprouua tout le contraire; parce qu'outre la dépense dont vous auez veu l'estat, la fierté de cette femme luy attiroit mille autres incommoditez; iusques là mesme qu'il n'y auoit ny valets ny officiers qui pussent demeurer trois iours de suite à son seruice; ce qui luy donnoit vn déplaisir tres-amer, voyant qu'il luy estoit impossible de tenir en sa maison aucune personne affectionnée au bien de ses affaires. Et comment en

effet les hommes y auroient-ils pû
demeurer, puifque les Diables mefmes
qu'il auoit amenez auec luy, ayme-
rent mieux enfin s'en retourner en Enfer & auoir la plante des pieds brulée
comme auparauant, que de viure en
ce monde fous l'empire d'vne femme
fi fafcheufe ? Roderic menant donc
vne vie pleine de tant d'inquietude &
de miferes, & ayant efpuifé par
des dépenfes non preueuës tout ce
qu'il auoit refervé, commença à viure fous l'efperance du profit qu'il attendoit du commerce qu'il auoit en
l'Orient & en l'Occident. Et comme
il auoit encore fort bon credit fur la
Place, afin de fe maintenir toufiours
en bon eftat, il emprunta de l'argét de
ceux qui en faifoient commerce; mais
comme ceux de cette profeffion font
gens qui ne s'endorment pas en leurs
affaires, ils remarquerent bien qu'il

ne se pressoit pas trop de payer à ter-
me. Et tout son fait estant déja deuenu
fort mince, & sa bourse fort misera-
ble, il apprit tout d'vn coup deux nouuelles autant funestes qu'il en eust iamais pû receuoir. La premiere portoit
qu'vn des freres d'Honesta auoit joüé
à la chance tout ce que Roderic luy
auoit mis entre les mains; Et la secon-
de ne valoit pas mieux que la premiere, puisqu'elle asseuroit que son autre
beau-frere reuenant en Italie, s'estoit
noyé auec toutes ses marchandises.
La chose ne fut pas plustost sceuë à
Florence, que les creanciers de Roderic s'assemblerent tous, & croiant que
c'estoit vn hôme perdu sans ressource,
& ne pouuant d'ailleurs se descouurir,
parce que le temps du payement n'e-
stoit pas encore venu, ils conclurent
tous de le bien obseruer, de peur qu'il
se desrobast, & qu'ils fussent pris pour
duppes.

duppes. Dom Roderic de Castille
voyant d'vn autre costé que son mal
estoit sans remede, & sachant à quoy
il estoit obligé par la loy infernale,
songea à prendre vn cheual & s'enfuïr
sans deliberer; ce qu'il fit auec assez de
facilité, pource qu'il demeuroit tout
contre la porte du Prat. A peine donc
estoit-il party, que l'alarme s'espandit parmy ses creanciers ; lesquels
ayant eu recours aux Magistrats, le
firent suiure non seulement par des
Courriers, Huissiers & Sergens, mais
allerent encore tous ensemble pour
tascher d'en apprendre des nouuelles
plustost, ou peut-estre par la crainte
qu'ils auoient, que ces sortes de gens
qui ne valent pas mieux en Italie qu'en
France, ne le relaschassent pour quelque nombre de Ducats. Cependant
Roderic, qui n'estoit pas sot, & qui
ne le deuoit pas estre en certe occa-

B

fion, fongea bien à ce qui pourroit ar-
riuer; c'eſt pourquoy ſi toſt qu'il eut
fait enuiron vne demie lieuë au galop,
il reſolut de quitter le grand chemin,
ce qu'il fit auſſi; mais en ce cas là il falloit laiſſer ſon cheual, car le pays eſtāt
coupé de quantité de foſſez, il eſtoit
reduit à la neceſſité de ſe ſauuer à pied;
ce qui luy reüſſit bien. En effet tra-
uerſant touſiours à la faueur des vi-
gnes & des roſeaux, dont tout le pays
abonde, il arriua enfin au deſſus de *Pe-
rerola* en la maiſon de *Jean Matteo del
Bricca*, Meſtayer de I. del Bene. Par
bon - heur il rencontra Matteo qui
menoit de la paille pour ſes Bœufs, &
luy promit que s'il le deliuroit des
mains de ſes ennemis, qui le pourſui-
uoient pour le faire mourir en priſon,
il le feroit riche, & qu'auant que de
partir, il luy donneroit telle aſſuran-
ce de ſa parole, qu'il n'en pourroit

douter. *Que si ie ne fais*, adjouste-t-il, *ce que ie te promets, ie suis content que tu me liures toy-mesme entre les mains de ceux qui me cherchent.* Or vous saurez, s'il vous plaist, que I. Matteo, quoy que paysan, estoit homme resolu, & qui ne manquoit pas de bon sens. Iugeant donc bien qu'il n'y auoit rien à perdre dans le dessein de le sauuer, il luy promit de le faire, & l'ayant caché sous vn monceau de fumier, qu'il auoit deuant sa porte, il le couurit encore de quantité de feuilles de roseaux & autres choses de cette nature qu'il auoit ramassées pour faire du feu. A peine auoit-on acheué de cacher Roderic, que ceux qui le cherchoient arriuerent chez Matteo; mais quelques menaces & quelques frayeurs qu'ils luy fissent, ils ne pûrent pourtant iamais l'obliger à dire qu'il l'eust veu seulement; de sorte que passant tousiours

plus outre & n'apprenant aucune nouuelle de Dom Roderic, ils s'en retour-
nerent à Florence autant mal satisfaits
que vous pouuez bien vous l'imaginer. Alors Matteo voyant que tout
ce grand bruit estoit appaisé, le retira
du lieu où il auoit esté caché & le con-
jura de luy tenir parole. Roderic parut fort fidelle en cette occasion ; &
i'oserois bien dire que iamais Diable
ne tint si bien sa promesse & ne tes-
moigna tant de gratitude & de gene-
rosité. En effet il reconnut qu'il luy
estoit infiniment obligé, & luy promit qu'il feroit tout son possible pour
le satisfaire & s'acquiter de la parole
qu'il luy auoit donnée ; & pour luy
persuader cette verité & luy faire voir
qu'il ne disoit rien, dont il ne pûst venir à bout, il luy fit toute son histoire,
telle que vous l'auez oüye. Il l'infor-
ma en suite du moyen qu'il vouloit

suiure pour l'enrichir ; *Sçache*, dit-il, *que si tost que l'on entendra dire que quelque Dame a le diable au corps, elle n'aura point d'autre diable que moy.; & tu dois estre tres-persuadé que ie n'en sortiray point, si tu ne viens toy-mesme pour m'obliger à sortir de cette nouuelle demeure: & tu sauras bien aprés cela te faire payer comme il faut du pere de la Dame.* Il ne luy en dit pas dauantage, car il disparut en vn moment & fit deuant luy vn tour de *maistre mousche.* Peu de temps apres vn bruit s'espandit par toute la ville de Florence, qu'vne fille de *Mess. Ambrosio Amedei,* laquelle il auoit mariée à *Bonajuto Thebalducci,* estoit possedée. Le pere & la mere ne manquerent pas d'employer les remedes que l'on a accoustumé de pratiquer en vn accident si fascheux ; car ils luy firent porter la *teste* de S. Zanobe & le *manteau* de S. J. Galbert: mais de tout cela Bel-

phegor ne s'en fit que rire : il n'y auoit
plus de Dom Roderic de Castille, c'e-
stoit vn Diable bien fait. Et pour faire voir à vn chacun que le mal de cette
Demoiselle estoit vne veritable pos-
session, & qu'elle estoit *positiuement en-
diablée*, sans aucune imagination fan-
tastique, maladie de maire, ou autre
bagatelle de cette nature, il parloit La-
tin mieux que les liures, disputoit en
Philosophie & découuroit les pechez
de plusieurs personnes qui se trou-
uoient fort surprises, & qui ne croioiét
pas que le Diable se meslast de tant
d'affaires. Mais il y eut entr'autres vn
bon Religieux, à qui Roderic rendit
vn assez mauuais office: car il fit sauoir
à tous ceux qui le voulurent entendre,
qu'il auoit tenu plus de quatre ans vne
ieune fille en sa cellule, luy ayant fait
prendre vn habit de nouice. Iugez
apres cela si l'on doutoit que la posses-

fion fuſt veritable. Cependant Meſſ.
Ambroſio eſtoit extrémément affligé
du malheur de ſa fille : & ayant eſpui-
ſé en vain les remedes que la Medeci-
ne & que la Religion luy auoiėnt pre-
ſentez, il eſtoit reduit au dernier deſ-
eſpoir, lors que I. Matteo le vint trou-
uer, & luy promit de ſauuer ſa fille
moiennant la ſomme de cinq cents
florins, dont il vouloit acheter vn he-
ritage à Peretola.   En effet Matteo
eſtoit vne fort bonne perſonne, & euſt
fait le miracle gratuitement & en galant homme, mais il auoit beſoin d'argent. Meſſer Ambroſio donc accepta
ſa propoſition : en ſuite dequoy Iean
Matteo apres auoir fait dire certaines
Meſſes & employé ie ne ſay quelles ce-
remonies, afin que la choſe ſe paſſaſt
auec plus de façon, s'approcha de l'o-
reille de cette Demoiſelle, & luy dit,
Roderic, ie te ſuis venu trouuer afin de
B iiij

te faire tenir la parole que tu m'as donnée:
I'en suis tres-content, dit Roderic, mais
ie veux agir auec toy en galant homme:
Sache donc que ie te veux faire du bien plus
d'vne fois, car l'occasion qui t'ameine icy
n'est pas capable de t'enrichir & te mettre
à ton aise: c'est pourquoy si tost que ie se-
ray sorty de ce lieu, i'entreray dans la fille
de Charles Roy de Naples, & n'aye pas
peur que i'en sorte iamais que tu ne m'en
vienes prier. Alors tu deuiendras tout d'vn
coup vn homme d'importance, & tu tail-
leras en plein drap; mais aprés cela ne me
viens plus rompre la teste. Si tost qu'il
eut prononcé ce que vous venez d'entendre, il sortit du corps de cette Demoiselle, auec la ioye & l'étonnement
de toute la ville. Au reste Belphegor ne
manqua pas de faire ce qu'il auoit
promis à Matteo : car bien peu de
temps aprés, le bruit s'espandit par
toute l'Italie, que la fille de Charles

Roy de Naples eſtoit poſſedée; & tant mieux pour Matteo, qui deuoit trou-uer en cette occaſiõ vne moiſſon tou-te d'or. En effet tous les remedes des Moines ne furent que *des remedes d'eau douce* : ils employerent inutilement tout ce qu'ils ſauoient faire : le Diable ne voulut point laſcher priſe, qu'à la parole de Matteo, qui l'auoit ſerui au-trefois ſi efficacement. Le Roy, qui auoit appris ce qui s'eſtoit paſſé à Flo-rence, fit venir Matteo en Cour, lequel guerit la Princeſſe, apres y auoir em-ploié quelques façons & quelques ce-remonies feintes pour couurir le my-ſtere. Mais Dom Roderic, auant que de partir, luy tint ce diſcours, à ce que rapporte la Chronique, *Tu vois bien, Matteo, que ie t'ay tenu parole; te voila deſormais riche, tu peux à preſent viure à ton aiſe : c'eſt pourquoy, ſi ie ne me trompe, me voila auſſi quitte enuers toy. Garde toy*

donc bien de te presenter dorenauant de-
uant moy, parce qu'aprés t'auoir fait beau-
coup de bien, ie te feray à l'auenir beau-
coup de mal. Matteo estant retourné
fort riche à Florence, (car il auoit re-
ceu du Roy de Naples plus de cin-
quante mil ducats) songeoit à ioüir
paisiblement de ses grandes richesses,
ne croiant pas que Roderic luy vou-
lust iamais faire aucun déplaisir. Mais
ses desseins furent troublez par les
nouuelles de France, qui portoient
qu'vne des filles de Louis VII. estoit
possedée. Cela estoit bien capable
d'effrayer Matteo, qui n'ignoroit pas
la puissace d'vn si grand Prince, & qui
d'ailleurs se souuenoit bien des dernieres paroles de Roderic. Le Roy
donc ne trouuant aucun remede pour
vn accident si estrange, & ayant appris ce que sauoit faire Matteo, luy
dépescha vn courrier & le fit prier de

venir à Paris. Mais Matteo ayant al-
legué ie ne say quelles indispositions
qui luy ostoient le moien de rendre
seruice à sa Majesté en cette occasion,
le Roy fut contraint d'en escrire à la
Seigneurie, laquelle obligea Matteo à
partir. Estant donc arriué à Paris fort
affligé & ne sachant commét il pourroit executer ce qu'on attendoit de
luy ; Il dit au Roy, *qu'en effet il estoit*
bien veritable qu'il auoit guery autrefois
quelques possedées, mais que pour cela on
ne deuoit pas croire qu'il peust guerir tous
les possedez qui se rencontreroient, dau-
tant qu'il se trouue quelquefois des Dia-
bles d'vne si perfide & si estrange nature,
qu'ils ne se soucient aucunement des mena-
ces, des enchantemens ny de toute religion.
Qu'au reste il ne disoit pas cela par aucune
repugnance qu'il eust à faire ce qu'on sou-
haitoit de luy ; mais qu'aussi en cas qu'il
ne peust reussir, il en demandoit excuse &

pardon à sa Maiesté. Le Roy ayant oüy ce discours parut assez troublé, & le transport de sa colere fut si grand, qu'il menaça Matteo de le faire pendre, s'il ne chassoit le demon du corps de la Princesse, aussi bien qu'il en auoit chassé d'autres ; & qu'au reste il estoit aussi aisé de faire des miracles à Paris qu'à Florence ou à Naples. Ces paroles toucherent étrangement Matteo ; car il ne croioit pas qu'il y eust de plaisir à estre pendu de la sorte, & il n'y auoit point d'equiuoques aux paroles du Roy. Neantmoins il se rassura vn peu, ou fit semblant de se rassurer ; & ayant fait venir la Princesse possedée, il s'approcha de son oreille , & apres auoir dit à Dom Roderic qu'il estoit son tres-humble seruiteur, il n'oublia pas de luy renouueller le souuenir du bon office qu'il luy auoit rendu, lors qu'il le deliura des griffes de la Iustice;

adiouſtant que s'il l'abandonnoit en
vn peril ſi extréme, il n'y auroit perſonne qui ne parlaſt de ſon ingratitu-
de. Roderic, qui n'eſtoit pas plus pa-
tient que de raiſon, s'emporta bruſ-
quement. Il iura, peſta, tempeſta ; il
fit le diable à quatre, & luy dit mille &
mille outrages ; mais on n'entendit
bien diſtinctement que ces dernieres
paroles ; *Quoy donc, traiſtre villain, tu
auras encore bien la hardieſſe de paroiſtre
deuant moy ? T'imagines-tu point de te
pouuoir vn iour vanter d'auoir eſté enri-
chy par mon moyen ? Mais ie te feray
bien voir, & à toy & à vn chacun, que ie
donne & que i'oſte quand il me plaiſt &
comme il me plaiſt ; Je ſay encore vne
autre choſe, c'eſt que ie te feray pendre
ſans y manquer auant que tu partes de Paris.* Alors Matteo ne voiant point de
remede à ſon infortune, penſa à vn
autre moien ; & ayant fait retirer la

possedée, il dit au Roy, Sire, ie vous l'a-
uois bien dit; il y a des Esprits si malins
& si phátasques, qu'on ne peut prédre
de mesure auec eux; & celuy de la Princesse est de ces esprits phantasques &
malins. C'est pourquoy ie veux essaïer
tout ce que ie say faire; si ce que nous
ferons peut suffire, à la bonne heure,
vostre Majesté aura ce qu'elle souhait-
te & ce que ie souhaite aussi; si cela ne
suffit pas & que vostre Majesté ne se
contéte point de ce qui aura esté fait,
ie dépendray tousiours de Vous, &
Vous aurez de moy telle compassion
que merite mon innocence : cependant vostre Majesté fera dresser sur la
place Nostre Dame vn balcon assez
grand pour pouuoir côtenir tous vos
Barons & tout le Clergé de cette ville;
ce balcon sera, s'il vous plaist, paré de
draps d'or & de draps de soie; vous y
ferez encore mettre vn Autel au mi-

lieu, & Dimanche prochain il faudra que vous vous y trouuiez dés le matin auec vos Princes & vos Pairs, & toute la pompe & magnificence royallé, & y ferez venir la Princeſſe aprés y auoir fait chanter vne grande Meſſe. Outre ce que ie viens de dire à voſtre Majeſté il faut que d'vn coſté de la place il y ait vingt perſonnes pour le moins, auec trompettes, cors, tambours, corne-muſes & cimbales, qui commencerõt à ioüer de tous ces inſtrumens ſi toſt que i'éleueray vn chapeau en l'air, & s'auancerõt vers le balcon auec cette muſique; toutes ces choſes, auec quel-ques autres remedes que ie ſay, feront ſortir, comme ie l'eſpere, l'Eſprit du corps de la Princeſſe. Le Roy donna ordre que cela fuſt executé comme Matteo l'auoit requis; & le Dimanche eſtant venu, le balcon eſtant remply de quantité de perſonnes de la pre-

miere qualité, & la place Noſtre-Da-
me eſtant pleine de peuple, la Princeſſe
fut amenée par deux Eueſques, ſuiuis
de pluſieurs Seigneurs de la Cour.
Quand Roderic vit vn ſi grand peuple
& vn appareil ſi magnifique, il de-
meura tout interdit & prononça ces
mots tout haut, *Ie voudrois bien ſauoir
ce que veut faire ce coquin de Payſan. J'en
ay bien veu d'autres; l'ay veu plus d'vne
fois toute la pompe du Ciel, & ie ſay ce
que l'Enfer a de plus épouuentable. Je
traitteray ce coquin comme il faut, & ſi
i'y manque que Dieu me le rende.* Matteo s'approcha de luy, & apres l'auoir
prié de ſortir, Roderic s'eſcria, *Ah la
belle penſée que tu as euë! Crois-tu par là
te ſauuer de ma puiſſance & de la colere
du Roy? Mais n'en croy rien, maraut,
car i'ay bien reſolu de te faire pendre, ou
ie veux paſſer pour vn Diable inſenſible
& qui a peu d'eſprit.* Matteo le prie en-

core

core plus ardemment , & Belphegor luy dit encore plus d'iniures & plus d'outrages qu'il ne luy en auoit dit auparauant. Mais tout cela n'eſtonna point Matteo : car ſans perdre temps il hauſſa en l'air ſon chapeau, & tout d'vn coup les trompettes, les ioüeurs de cors, tambours & cymbales, commencerent leur muſique en s'approchant vers le balcon. A cet étrange tintamarre, Roderic parut aſſez ſurpris; faiſant voir qu'il y a des Diables qui craignent le mal comme les hommes; & ne pouuãt deuiner ce que vouloit dire ce grand bruit, il en demanda la cauſe à Matteo : Le Payſan, qui n'eſtoit aucunement ſot, fit ſemblant d'eſtre fort eſtonné, & luy dit, *Helas, mon cher Roderic, c'eſt Honeſta qui vient vous chercher à Paris.* Il n'en dit pas dauantage; mais vous ne ſauriez vous

imaginer en quel defordre ces quatre
ou cinq paroles mirent Dom Roderic.
Elles luy firent perdre efprit & iugement ; Et fans raifonner, fans faire
reflexion fur ce qu'on luy difoit, fans
fonger fi la chofe eftoit poffible ou
vray-femblable, il fortit du corps de
la Princeffe & ne repliqua pas vn feul
mot, aimant mieux retourner en Enfer pour rendre compte de fes actions,
que de retourner pour la feconde fois
en la feruitude du mariage, qui luy
auoit fait effuyer tant de dégoufts,
tant de mefpris & tant de perils. Si
toft qu'il fut arriué, il demanda au-
dience ; & en prefence de Pluton,
d'Æacus, de Minos & de Rhada-
mante, Confeillers d'Eftat, il confir-
ma ce que les ames des maris auoient
dit fi fouuent : Et Matteo, qui fut
plus fin que le Diable, s'en retourna

à Florence auec grande ioye : non
pas que la Chronique die que le Roy
luy euſt fait aucun bien : mais comme il auoit aſſez gaigné dans les deux
occaſions precedentes , il ſe tenoit
encore bien heureux de n'auoir pas
eſté pendu à Paris.

F I N.